가방 속에서 꺼낸
코끼리

.

가방 속에서 꺼낸 코끼리

메르트 아리크 글 · 세르다르 투랄리 그림
김정한 옮김

놀이터

사랑하는 아내 에브루에게
이 책을 바칩니다.

차례

상상하기! 게임의 시작!

오 늘의 첫 수업이 시작되었어요. 선생님이 파란색 가방을 들고 교실로 들어왔죠.

"안녕, 여러분"

"안녕하세요, 선생님!"

선생님은 가방을 높이 들어 아이들에게 보여주었어요.

"여러분, 오늘 우리는 아주 재미있는 게임을 할 거예요. 다들 준비됐나요?"

아이들의 일제히 환호성을 질렀어요.

"네~~~~! 너무 너무 좋아요!"

아이들은 너무 좋아서 펄쩍펄쩍 뛰며 난리법석을 떨었어요. 수업 시간에 공부를 하지 않고 게임을 한다니 상상만 해도 신이 났거든요.

"자자, 진정들 하고, 여기 파란 가방이 보이죠? 선생님이 여러분만 할 때 가지고 놀던 게임 가방이에요. 여기에선 무엇이든 생각하기만 하면 다 나온답니다."

"생각하는 게 다 나오는 가방이라고요? 우와! 굉장한데." 모니가 소리쳤어요.

아이들은 가방을 자세히 살펴보기 시작했어요. 그다지 특별해 보이지는 않았죠.

"자, 여러분. 이 가방 안에서 무엇을 꺼낼 수 있을까요?" 선생님이 말했어요.

아이들은 잘 몰랐지만, 그건 바로 게임의 시작을 알리는 신호였답니다!

인치가 가장 먼저 손을 들었어요. 그리고 자신의 연필을 가리켰어요.

"이런 연필이 나올 것 같아요, 선생님."

"책도 나올 수 있겠죠!" 타치도 말했어요.

"혹시 공책도 들어 있을까요?" 메테는 손에 공책을 들어 보였어요.

모니는 아직 생각 중이었어요. 뤼야, 귀네스, 라치, 나치, 그리고 다른 아이들도 마찬가지였죠.

그들의 머릿속에는 연필깎이, 자, 나침반, 지우개, 필통, 물통 같은 학용품들이 가장 먼저 떠올랐어요.

아이들이 새로운 대답을 내놓을 때마다 선생님은 일일이 고개를 끄떡였어요. 하지만 기다리는 대답은 아직 없었어요.

선생님은 아이들이 뭔가 더 기발한 것을 생각해 내기를 바랐어요. 물론 연필이나 공책, 책도 가방 안에서 얼마든지 나올 수 있는 물건들이었죠.

아이들이니까 당연히 그런 학용품들이 제일 먼저 떠올랐을 거예요. 아이들은 여러 가지 대답을 내놓았어요.

선생님은 아이들의 대답을 칠판에 전부 적은 다음 교실 맨 뒤로 갔어요. 그런 다음 손으로 쌍안경 모양을 만들어 눈에 갖다 대고 아이들을 쳐다봤어요.

그리고 아이들이 좀 더 생각이 자유로워지고 다양한 상

"가방 안에서 나올 수 있는 게
도대체 뭐가 있지?"

상을 할 수 있게 되기를 기
다렸어요.

"지금까지 나온 물건들을
가지고는 아직 신나는 게임
을 시작하기엔 좀 부족해
요. 좀 더 폭넓고 자유롭게 생각해 보세요."

며칠 동안 아이들은 가방 안에서 무엇을 꺼낼 수 있을지
생각했어요. 자나 깨나 머리를 굴리며 뭔가 기발한 대답을
찾으려고 애썼죠. 하지만 아무리 머리를 쥐어짜도 좀처럼
좋은 생각이 떠오르지 않았답니다.

"가방 안에서 나올 수 있는 게 도대체 뭐가 더 있지?"

아이들의 몇 날 며칠 동안 생각하고, 생각하고, 또 생각
했어요. 그러던 어느 날, 선생님은 아이들에게 살짝 도움을
줘야겠다고 생각했어요.

"상상이란 건 말이죠. 커다란 보물 상자 같은 것이랍니
다. 그 안에는 소중한 꿈들이 들어 있어요. 그런데 그 꿈들
이 누구에게나 다 보이지는 않아요. 꿈은 모든 것의 시작이
에요. 자동차, 컴퓨터, 비행기…… 이런 것들은 한때 꿈에

서나 볼 수 있는 것들이었죠. 오직 상상 속에서나 있는 물
건들이었어요. 그런데 지금은 어때요? 그것들이 다 우리
주변에 있잖아요. 모든 게임도 마찬가지예요. 다 상상에서
시작되는 거랍니다. 제대로 상상을 시작해야 게임이 시작
된다는 말이에요."

바로 그때 모니가 신이 나서 손을 번쩍 들었어요. 한 가

지 좋은 생각이 번뜩 떠올랐기 때문이었어요.

"가방에서 사과를 꺼내 보고 싶어요."

선생님이 모니 옆으로 다가갔어요. 이번 대답은 제법 마음에 들었거든요.

"선생님이 가방에서는 무엇이든 다 나올 수 있다고 하셨잖아요. 그러니까 평범한 상상을 하면 평범한 게 나오고, 색다른 상상을 하면 색다른 게 나오는 거죠."

선생님은 모니를 향해 엄지를 척 세워 보였답니다. 지난 며칠 동안 기다려 왔던 것이 바로 이런 대답이었어요. 선생님은 반 아이들 전체를 바라보았어요.

"멋진 생각이에요. 자, 여러분 자신이 가방에서 나올 사과라고 상상해 보세요. 여러분이 사과라면, 어떤 모양의 사과로 나오고 싶나요?"

모니가 웃음을 터뜨렸어요.

"저는 도시락에 담긴 애플 쿠키가 되고 싶습니다."

"저는 사과주스가 될래요." 타치가 말했어요.

"저는 사과잼이 되어서 냉장고에 숨어 볼래요." 인치도 말했어요. "제가 사과잼이라니, 이거 너무 재밌어요!"

"그래요. 그런 식으로 상상할 수 있다면 우리의 게임이 바로 시작되는 거예요."

선생님은 파란 가방을 아이들에게 건넸어요. 이제 가방은 아이들 것이었죠. 아이들은 이제 원하는 건 무엇이든 가방에서 꺼내어 게임을 할 수 있게 된 거예요.

"그러면 이제 숙제를 내겠어요." 선생님이 말했어요.

아이들은 얼른 연필을 꺼내어 받아적을 준비를 했어요.

"오늘 숙제는 상상으로 게임을 만드는 거예요. 팀 과제와 같은 방식이에요. 여러분은 다양한 게임에 참여하게 될 거예요. 물론 상상이 그 출발이죠. 가방에서 여러 가지 게임을 꺼내 보세요. 올 연말에는 여러분이 직접 만든 게임으로 다함께 놀아 보자구요. 알겠죠?"

아이들은 신이 나서 소리를 지르고, 발을 굴렀어요.

"야아아아, 재밌겠다!"

이렇게 해서 아이들은 멋진 게임을 만들게 되었어요. 쉬는 시간을 알리는 종이 울리자 아이들은 신이 나서 게임을 시작하러 운동장으로 뛰어나갔어요.

나의
게임 캐릭터
고르기

게임을 하려면 먼저 플레이어가 될 캐릭터를 선택해야
했어요. 모니는 이것저것 생각하다가 갑자기 몹시
흥분한 목소리로 외쳤어요.

"그렇지! 가방에서 코끼리를 꺼내 보자."

정말 끝내주는 생각이었어요! 그것이 바로 게임을 시작
하는 암호였거든요. 무엇이든 가방에서 꺼내면 그 게임의
주인공이 되는 것이었죠.

아이들은 코끼리처럼 걷고 행동했어요. 깊은 늪, 끝없는
사막, 드넓은 사바나 지역을 용감하게 누비고 다녔어요.

강에서 코로 물을 마시고, 신선한 풀도 뜯어 먹었죠.

코끼리가 되어서도 상상하기는 계속했어요. 아이들은 코끼리 게임을 하며 신나게 놀았어요. 열대 우림 속을 달리고, 나무 위를 오르고, 노래를 불렀어요.

코끼리가 되어 보니 정말 재미있었어요!

코를 뻗어 하늘에서 별도 따서 가지고 놀았어요. 거대한 나무들이 가득한 신비한 숲에서 보물찾기도 했어요. 개미와 함께 춤도 추었고요. 호숫가에서 만난 하마들과 서로 물장구를 치며 장난도 쳤어요.

인치는 이 게임이 마음에 쏙 들었어요. 그래서 어느 날 아침, 직접 캐릭터를 하나 골라 보기로 마음먹었어요.

"난 가방에서 인치나즈 꽃을 꺼낼 테야."

"뭐? 인치나즈 꽃? 그런 꽃은 처음 들어보는데." 타치가 고개를 갸우뚱했어요.

"인치나즈 꽃은 정말로 있어. 그걸 어떻게 아냐고? 내가 바로 그 인치나즈 꽃이기 때문이지."

"그게 무슨 꽃인데?" 메테가 궁금해 하며 물었어요.

인치는 그것이 어떤 꽃인지 설명했어요.

"나, 그러니까 인치나즈 꽃은 강가에 피어 있어. 산골짜기 사이를 세차게 흐르는 차가운 강물 소리를 듣고 자란단다. 산속 공기를 마시고 자라서 향기도 아주 좋아. 꽃잎마다 색깔이 다 달라. 또 가시는 있지만 사람들에게 해롭지는 않아. 좀 우습게 들릴지도 모르겠지만, 사람들이 내 가시를 만지면서 '간질간질'이라고 말하면 정말 몸이 간지럽단다. 그리고 나 인치나즈 꽃은 정말 남다른 특징이 하나 있는데 말이지. 그건 바로 말을 할 줄 안다는 거야."

"뭐라고? 야, 이건 좀 너무하잖아. 과장이 너무 심하다고, 인치. 만지면 간지럽고 말도 할 줄 아는 꽃이 세상에 어디

있니? 그게 가능해?" 메테는 눈이 휘둥그레졌어요.

"당연히 가능하지! 간지럼을 태울 수도 있고, 말도 할 수 있다니까. 게임을 하니까 빨리 달릴 수도 있어. 내가 상상하는 것은 다 할 수 있어. 나는 '향기로운 꽃 학교'에 다니는데, 그곳엔 나 혼자만 있는 것도 아니야."

인치는 계속 이야기를 들려주었어요.

"선생님은 100년에 한 그루만 자라는 현명한 플라타너스야. 내 가장 친한 친구는 들국화이고. 나는 집에 돌아오면 아빠가 만들어 주시는 따뜻하고 맛있는 수프를 먹는단다. 또 엄마와는 강가에서 꽃놀이를 하지. 그리고 이티르나즈 라는 이름의 꽃도 있는데, 얘는 내가 몹시 좋아하는 사촌 이야."

"네가 인치나즈 꽃이라면, 나는 메테칸이라는 이름의 물고기야." 메테도 이야기하기 시작했어요.

"나는 엄~청 큰 고래처럼 생겼어. 색깔은 빨갛고, 머리엔 뿔이 나 있어. 눈은 색깔이 계속해서 변해. 어떤 때는 보라색으로, 또 어떤 때는 주황색으로 말이야. 그래서 내가 원하는 색깔로 세상이 보이지. 그게 얼마나 재밌는지 너희들은 잘 모를 거야! 시력도 아주 좋아서 멀리서 파리가 날갯짓하는 것까지 다 보여. 나는 숫자 29, 알록달록한 바위, 그리고 상추 샐러드가 좋아. 그리고 작은 연못에서 가족과 함께 평화롭게 살고 있단다."

"작은 연못이라고? 왜 바다에서 살지 않는 거니? 고래는 큰 동물인데." 펄이 물었어요. "바다에서 사는 게 더 재미있지 않아?"

"그건 상관없어." 모니가 거들었어요. "물론 넓은 바다에서 사는 게 더 좋을 수도 있겠지. 하지만 지금 우리는 각자 자기만의 연못 왕국 같은 곳에서 살고 있는 셈이잖아."

사실 이 게임은 아주 간단했어요. 게임 참여자는 상상 속에서 캐릭터를 만들어 가방에서 꺼내는 것이었죠.

아이들은 점점 더 게임에 푹 빠져들었어요. 가방에서 자신이 고른 캐릭터를 꺼내어 특징을 부여했어요.

그날 모든 아이는 자기가 상상하는 식물과 동물을 발표했어요. 자기가 고른 캐릭터에 관해 이야기도 나눴죠. 아이들의 상상 속에는 아주 많은 생명체가 살고 있었어요.

그런데 캐릭터가 반드시 살아 있는 생명체일 필요는 없었어요. 가령, 타치가 생각해 낸 캐릭터는 복사기였답니다.

"자, 다들 내 얘기 좀 들어 봐! 나는 '타치 복사기'야! 나로 말하자면, 무엇이든 똑같이 만들어 내는 기계란 말씀이지. 흉내 내기의 천재이고, 기억력도 얼마나 좋은지 몰라."

타치가 말을 이었어요.

"나는 소형 가전 초등학교에 다녀. 세탁기가 우리 선생님이야. 반 친구들을 소개할게. 다리미, 주방 로봇, 커피머신,

진공청소기, 토스터, 그 밖에도 많은 친구가 있어. 가장 친한 친구는 카베나즈야. 휴식 시간마다 우유로 커피를 만들어 주는 친구지. 아주 인기가 많은 녀석이야."

아이들은 타치 복사기의 이야기가 너무나도 재미있었어요. 다들 흥미로운 그의 이야기에 귀를 기울였답니다.

한 아이가 타치에게 나머지 이야기도 어서 해달라고 졸랐어요.

"그래서 그다음엔 어떻게 됐어? 말해줘, 어서 말해줘!"

"나는 선생님의 모든 말을 그대로 따라 할 수 있어. 그래서 학교 성적도 늘 '100점'이란다. 학교에서는 늘 친구들 흉내를 내곤 해. 왜냐고? 너무 재밌으니까. 자기가 하는 모든 말이나 행동을 그대로 따라 하는 친구가 있다고 상상해 봐. 물론 짜증이 나는 사람도 있겠지만, 내 친구들은 그런 나를 인정하고 좋아해 준다고."

코끼리, 꽃, 물고기, 복사기, 자동차, 냉장고, 안락의자……. 아이들은 게임을 하면서 자기가 원하는 어떤 캐릭터로든 변신할 수 있었어요. 가방에서 '그것'을 꺼내어 모든 사람에게 그 게임 캐릭터의 이야기를 들려줄 수 있었어요.

아이들은 모두 잘 알고 있었어요. 자기가 어떤 캐릭터로든 다 게임을 할 수 있다는 점을 말이죠.

모든 것을
게임으로
바꾸기

아이들은 자기가 하는 모든 일을 게임으로 만들어 보기로 했어요. 모든 일을 놀이로 바꾸자는 거였죠. 이를테면, 책도 마치 게임을 하듯이 읽자는 것이었어요.

"이제 가방에서 책이 나올 거야." 모니가 말했어요. "자 해보자! 다들 각자 자기 책을 꺼내자고!"

그리고 책 읽기 게임이 시작되었어요.

아이들은 각자 자신의 책을 들고 마을 곳곳으로 흩어졌어요. 집으로, 시장으로, 거리로, 학교로……. 아이들은 마치 게임을 하듯 책을 읽을 계획이었어요.

"풀짝풀짝 뛰며 책 읽기!"

모니는 마을 광장에서 풀짝풀짝 뛰어다니며 책을 읽었어요. 거리를 지나던 사람들이 놀란 눈으로 그 광경을 쳐다봤어요. 모니도 이런 식으로 책을 읽는 건 처음이었어요. 사람들은 모니가 왜 캥거루처럼 풀짝풀짝 뛰면서 책을 읽는지 궁금했어요. 그 모습을 본 몇몇 아이가 모니를 따라 하기 시작했어요. 얼마 안 가 마을의 모든 아이가 모니와 함께 풀짝풀짝 뛰며 책을 읽었어요. 풀짝풀짝 뛰며 책 읽기는 마을 전체에서 유행이 되었답니다.

"요상한 소리로 책 읽기!"

메테는 학교에서 요상한 소리를 내며 책을 읽었어요. 어떤 단어는 길~~~게 늘여서 발음했어요. 또 어떤 단어는 작은 소리로 읽었죠. 그리고 또 다른 단어는 크고 괴상한 소리를 내며 말했어요. 모든 아이는 깔깔거리며 메테의 말에 귀를 기울였어요. 그 이후로 아이들은 저마다 요상한 소리를 내며 책을 읽었어요. 요상한 발음으로 책 읽기는 학교에서 가장 인기 있는 놀이가 되었어요. 학교가 온통 책 읽는 소리로 시끌벅쩍 했답니다.

"텐트 안에서 손전등 켜고 책 읽기!"

인치는 집에 돌아가자마자 아빠에게 텐트 치는 것을 도와달라고 부탁했어요. 두 사람은 바닥에 빨래 건조대의 다리를 양쪽으로 짝 펼쳐 놓았어요. 그리고 그 위에는 천을 덮었어요. 간단하게 텐트가 완성되었어요. 인치는 난생처음 텐트 안에서 손전등을 비춰가며 책을 읽었어요. 그건 무척이나 재미있었어요.

"랩송 부르듯이 책 읽기!"

타치는 랩송 듣기를 좋아했어요. 그래서 학교 운동장에 나가 마이크를 들더니 랩송 부르는 방식으로 책을 읽기 시작했어요.

요! 요! 요!

어느 날 아침이었지.
선생님이 교실에 들어와 말했어.
굿모닝, 얘들아,
오늘은 우리 이야기를 써 보자. 어때?
아이들은 대답했어. "예!"
선생님은 분필을 들었어.
칠판엔 이렇게 적었지.
헤이! 우주로 가는 기차! 헤이! 헤이!
행성으로 가자! 어서,
하늘 위로 두 손 높이 들어!
풋 유어 핸즈 업! 풋 유어 핸즈 업!

야, 이거 정말 끝내주는 독서 방식이군요!

운동장에 있던 모든 아이는 하늘 높이 두 손을 들고 노래를 따라 불렀어요. 모자를 뒤로 돌려쓰고, 선글라스를 끼고, 헐렁한 티셔츠를 입은 타치는 완전히 랩가수의 모습이었어요. 이렇게 빠른 속도로 책을 읽는 것은 무척이나 신나는 일이었죠.

이 방법 덕분에 책 읽기 속도가 전보다 더 빨라진 아이들도 생겼어요. 선생님들도 교실에서 랩송을 부르며 빨리 읽는 방법을 가르쳤어요.

아이들은 무슨 일을 하든 놀 수 있다는 점을 배웠어요. 모든 일상의 일을 게임으로 만들 수 있었죠. 그래서 전보다 더 재미있게 놀 수 있었답니다.

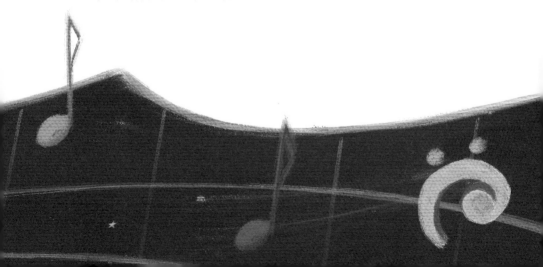

눈 없이
하는
눈놀이

마을에는 아주 오래전부터 눈이 내리지 않았어요. 매일 아침, 아이들은 일어나자마자 창문 밖을 바라보며 눈이 내렸는지 확인하곤 했어요.

눈을 굴리며 놀고 싶었지만, 눈은 내리지 않았어요. 일기 예보에도 눈 소식은 없었어요.

화창한 어느 날, 모니는 학교 운동장에서 친구들을 모아 놓고 말했어요.

"얘들아, 왜 우리가 눈이 오기만을 기다리고 있어야 하지?

너희들이 혹시 잊고 있는 건지 모르겠지만, 우리는 눈이 없어도 눈놀이를 할 수 있잖아."

그 말을 들은 아이들은 모두 깜짝 놀랐어요.

"어떻게?"

아니, 그게 가능할까요? 눈도 오지 않는데 어떻게 눈놀이를 할 수 있단 말이죠?

아이들은 모니가 이번엔 또 무슨 일을 벌이려는지 궁금했어요.

모니가 갑자기 소리쳤어요.

"가방에서 눈이 나온다!"

그러자 아이들은 정말로 눈이 온 것처럼 기뻐하며 날뛰었어요.

모니는 허리를 숙여 눈을 뭉쳤어요. 그리고 눈을 뭉치는 척하다가 재빨리 손을 뗐어요.

"아이고야! 너무 차가워!" 모니가 덜덜 떨며 말했어요. "내 손이 꽁꽁 얼었어! 눈이 너무 차가워."

아이들은 입을 딱 벌리고 모니를 지켜봤어요. 모니는 다시 땅에 쌓인 눈을 모아 뭉치는 시늉을 했어요. 이번에는

마치 손에 담은 눈을 좌우로 굴리며 공 모양으로 만드는 것
처럼 행동했어요.

　모니는 정말로 눈덩이를 들고 있는 것처럼 보였어요. 그
러더니 공중으로 눈덩이를 던졌다가 잡았어요. 모두 호기
심 어린 표정으로 모니를 바라보았죠.

　갑자기 모니가 인치에게 눈덩이를 휙 던졌어요. 그건 누
구도 예상하지 못한 행동이었어요.

슈우우욱~ 쾅!

모니는 기뻐하며 폴짝 뛰었어요.

"야호! 완벽한 명중이야!"

인치도 이것이 무슨 게임인지 알아챘어요. 그래서 이 재미있는 게임을 계속 이어가기로 마음먹었답니다. 인치는 마치 눈덩이에 머리를 정통으로 맞았다는 듯이 화를 냈어요.

"안 돼! 그러지 마! 이게 뭐야." 인치가 소리쳤어요. "내 머리가 다 망가졌잖아! 이것 봐!"

인치는 땅에서 눈덩이를 줍는 척하더니 모니를 뒤쫓았어요. 그들은 깔깔거리고 웃으며 놀기 시작했어요. 모니는 도망치고, 인치가 그 뒤를 쫓았어요.

아이들은 이 재미있는 게임을 아주 좋아했어요. 눈놀이는 몇 시간 동안 계속됐어요. 눈 없이 눈사람도 만들었어요. 당근으로 코를 만들고, 목에는 목도리를 둘렀어요.

아이들에게는 아주 즐거운 하루였어요. 상상만으로 눈놀이를 실컷 즐겼죠. 마치 정말로 내린 눈을 본 것처럼 행복한 기분이었답니다. 실제로 눈이 내렸다고 해도 그렇게 재미있게 놀지는 못했을 거예요.

모니의 말이 옳았어요. 눈이 없어도 눈놀이를 할 수
있었어요. 상상만으로도 충분했던 거예요. "가방에서 눈이
나온다"라고 말만 하면 눈이 온 것을 상상할 수 있었어요.
화창한 날에도 눈사람을 만들 수 있었어요. 언제든지 눈놀
이를 할 수 있었던 것이죠.

농구공 없이 즐기는 농구 경기

모니는 게임에서 문제들을 마주치는 것을 아주 좋아했어요. 문제가 있다면 배울 기회도 있다는 게 그 이유였죠. 또한, 문제가 있다면 해결책이 있다는 것도 알았어요.

모니는 어떤 문제를 만나도 겁내지 않았어요. 절대로 포기하지도 않았어요. 언제든, 어디서든 해결책을 찾을 수 있다고 믿었답니다.

어느 날, 아이들이 농구 시합을 하던 중 그만 농구공이 '뻥' 터져버리고 말았어요. 선수로 뛰고 있던 모든 아이는 몹시 실망했어요.

다른 아이들이 '농구공이 터지지 않았더라면 얼마나 좋았을까'라고 생각할 때, 모니는 '내가 지금 할 수 있는 일이 뭘까'라고 생각했어요.

공이 터졌다고 시합을 중단할 수는 없었어요. 해결책을 찾아야 했어요. 그때 모니에게 멋진 생각이 떠올랐어요.

"우린 농구공 없이도 농구 시합을 할 수 있잖아." 모니가 말했어요. "왜 꼭 농구공이 필요하지?"

"농구공 없이 농구 시합을 하자고? 어떻게?"

아이들이 여기저기서 수군거리기 시작했어요. 모니의 말을 듣고 깜짝 놀랐던 것이죠.

"그건 불가능해!!"

"상상만으로 모든 게임을 할 수 있잖아. 로켓에 올라 우주로 날아갈 수도 있고, 배를 타고 거대한 파도를 넘어갈 수도 있어. 게임에서 필요한 건 무엇이든 가방에서 꺼내면 되잖아. 지금 당장 그렇게 하자고. 가방에서 농구공을 꺼내자니까. 어려운 일이 아니잖아."

모니는 농구장 한가운데로 뛰어 들어가며 소리쳤어요.

"자, 가방에서 공이 나왔어!"

아이들이 신이 나서 공을 향해 돌진했어요. 공을 드리블 하고, 패스하고, 멋진 슛을 쐈어요. 그런데 메테가 갑자기 바닥에 쓰러져 고통스럽게 몸을 뒤틀기 시작했어요.

"아! 이런!" 인치가 소리쳤어요. "메테가 발을 접질렀나 봐. 응급상황이야! 구급차를 불러줘, 빨리!"

메테가 진짜로 아픈 것처럼 몸부림을 치는 바람에 아이들은 그가 정말로 다쳤을지도 모른다고 생각했어요.

메테는 아주 진지하게 게임을 했어요. 사실 생각보다 더 잘하고 있었죠. 어느 순간 모니도 같은 생각이 들었어요. '메테가 정말로 공을 밟고 넘어진 게 아닐까?'

사이렌 소리가 들려왔어요. 모니, 인치, 타치가 구급대원이 되어 구급차를 타고 현장에 도착했어요. 그들은 메테의 발에 얼음찜질을 해주었어요.

세 사람은 메테의 다친 발목을 붕대로 조심스럽게 감았어요. 그런 다음 들것에 실어 운동장 옆으로 옮겨다 놓았어요.

물론 얼음, 붕대, 들것, 구급차 같은 것은 처음부터 없었죠. 사이렌 소리도 모니가 낸 것이고요. 이것이 게임의 방식이

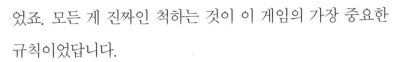

었죠. 모든 게 진짜인 척하는 것이 이 게임의 가장 중요한
규칙이었답니다.

"지금 당장 토성에 있는 병원에 가서 치료를 받고 싶어."
메테가 하늘을 바라보며 말했어요.

이번엔 행성으로 향하는 여행이군요. 정말 멋진 게임 아
닌가요!

경기장 밖에 누워 있던 메테는 살짝 웃음이 나왔어요. 상
상으로 게임을 할 때는 무한한 자유로움이 느껴졌거든요.

게임이 너무나 재미있어서 맘껏 즐기며 놀았어요. 그것
은 메테의 친구들도 마찬가지였어요.

메테는 토성종합병원에서 치료를 받았어요. 병원은 바다 깊숙한 곳에 있는 멋진 잠수함이었어요. 의사는 노랑 상어였고요. 간호사는 안경을 쓴 문어였어요. 치료가 끝난 후에는 모자를 쓴 해파리가 약사로 일하는 약국에 가서 상처에 바르는 연고도 샀어요.

몸은 빠르게 회복되었어요. 토성의 의학 수준이 매우 높은 것이 틀림없었어요. 이제 메테의 몸은 갓 피어난 수선화처럼 쌩쌩하고 팔팔해졌어요. 치료가 끝난 후 농구 시합은 계속되었답니다.

투명 인간 니야지 게임

메테가 다시 경기장으로 돌아오자 마을 아이들은 공도
없이 농구 시합을 하는 아이들을 보고 매우 놀라워했
어요.

이게 다 무슨 일일까요? 모두 웃기 시작했어요. 그들에게
이런 게임은 정말이지 듣도 보도 못한 것이었거든요.

아주 이상한 게임이었어요. 그런데 더 이상한 건, 그래서
더 재미있어 보인다는 것이었어요. 몇몇 아이가 공 없이 하
는 농구에 큰 관심을 보였어요.

마을 아이들은 다섯 명으로 한 팀을 만들었어요. 그리고

모니네 팀과의 시합을 제안했어요. 그런데 모니네는 모니, 인치, 메테, 타치까지 네 명뿐이었어요. 한 명이 부족했죠. 하지만 농구 시합은 5 대 5로 하는 게임이었어요.

모니는 게임을 시작하기 위해 해결책을 다시 찾아야 했어요. 그때 번뜩 좋은 생각이 하나 떠올랐어요.

"지금 우리 중엔 니야지라는 선수가 있어. 모르겠어?"

상대팀 선수들은 호기심 어린 눈으로 주위를 두리번거렸어요. 니야지라는 아이가 대체 어디에 있는 걸까요?

사실 니야지는 그곳에 없었어요. 4개월 전 아빠를 따라 다른 마을로 이사를 간 친구였기 때문이죠. 친구들은 그와 농구를 했던 때가 얼마나 그리웠는지 몰라요.

하지만 니야지가 보이지 않아도 함께 놀 수 있었어요. 그는 파란 눈과 금발 머리를 가진 키가 큰 소년이었어요. 글자 'R'의 발음이 좀 서툴렀죠.

아이들은 마치 니야지가 정말로 같이 놀고 있는 것처럼 상상하며 시합에 나서려고 했어요. 그러면 조금이라도 친구에 대한 그리움을 달랠 수 있을 것 같았어요.

"사실 지금 우리는 다섯 명이야. 한 명이 비었다고 걱정하지 않아도 돼. 시합을 시작할 수 있어."

심판이 호루라기를 불자 경기가 시작되었어요. 마을 사람들 모두 큰 관심을 가지고 시합을 구경했어요.

두 팀은 숨 막히는 접전을 펼쳤어요. 투명 선수인 니야지가 8득점, 4도움 그리고 1리바운드를 기록했어요. 모니네 팀은 마지막 2초를 남기고 니야지가 성공시킨 멋진 골에 힘입어 24 대 23으로 이겼답니다.

아이들이 공도 없이 농구 시합을 한다는 이야기가 온 마을에 쫙 퍼졌어요. 곧이어 다양한 게임이 많이 생겨났어요. 다들 '보이지 않는 니야지'와 상상으로 만든 것을 더해 게임을 만들었어요.

그들은 멋진 세상으로 발을 들였어요.
이기는 게임의 세계랍니다!

가방에서는 공 없는 축구 시합, 줄 없는 줄 넘기 시합, 라켓 없는 테니스 시합, 왕 없는 체스 대결, 물 없는 수영 경기 등이 나왔어요. 전부 상상으로 만든 게임이었죠.

이 세상의 모든 게임은 달라졌어요. 아이들은 규칙 중 일부를 원하는 대로 바꾸기도 했답니다. 그들이 만든 몇 가지 게임을 소개할게요.

체스 단체전

여섯 명이 한 팀을 구성해서 벌이는 단체 체스 게임이에요. 이 게임에서는 각자 하나의 말이 되어 움직여야 해요. 단결력, 연대감, 협동심, 그리고 책임감을 배울 수 있는 게임이랍니다.

5위만 상을 받는 달리기 경기

이 달리기 시합에서는 오직 5위를 기록한 선수만 상을 받을 수 있어요. 500명의 사람이 5위를 차지하기 위해 달리는 이런 경기는 처음이었어요. 모든 참가자는 5위를 차지하기 위해 치열하게 서로 겨룬답니다.

물 없는 수영 경기

선수들이 모이는 곳은 물이 말라버린 마을의 호수에요. 이 호수에서 마치 물이 있는 것처럼 생각하며 수영을 하는 것이죠. 그런데 1등이 되고 싶어 하는 사람은 하나도 없어요. 모두 꼴등을 차지하기 위해 경주를 한답니다. 그래서

원래 10분으로 예정됐던 시합이 2시간 26분이나 걸린 적
도 있어요. 재미있는 장면도 많이 나오죠. 아마도 수영 경
기에서 꼴찌가 상을 받는 건 이 게임이 유일할 거예요.

　시간이 지나자 더 많은 다양한 게임이 생겨났어요. 아
이들은 이제 게임에서 이길 생각에만 몰두하지 않았어요.
정말 중요한 건 승리가 아니라 게임을 하면서 얼마나 재미있게 노느냐임을 알게 되었기 때문이에요.

한편, 전국에서는 투명 인간 니야지가 출전하는 게임이 유행처럼 번졌어요. 거의 모든 경기에 니야지가 등장했어요. 그는 때로는 염소처럼 수백 미터 높이의 산을 올랐어요. 때때로 수영 경기에서 신기록을 세웠죠. 또 때로는 슈퍼맨처럼 등장해 아이들을 돕기도 했어요.

투명 인간 니야지는 학교, 시장, 식료품점, 공원, 쇼핑몰, 거리 등 곳곳에서 사람들 사이에 화제의 인물이었어요. 아이들은 어디를 가도 니야지가 보인다고 말했어요.

니야지는 어떤 게임에도 참여할 수 있는 선수가 되었답니다. 이제 니야지 없는 게임은 상상조차 할 수도 없었죠.

니야지를 대상으로 한 시도 발표되었어요. 그를 그린 그림들도 나왔어요. 학교에서도 그는 인기 스타였어요. 티셔츠, 신발, 팔찌, 목걸이, 필통, 스티커, 공책 등 마을이 온통 '투명 인간 니야지' 캐릭터의 디자인으로 가득했어요.

모두가 그에 대해 이야기하고 다녔어요. 니야지는 아이들을 위한 진정한 게임 캐릭터가 되었답니다.

어느 날 아침, 전국 학생 농구 대회가 발표되었어요. "상상으로 하는 농구 시합에 나갈 준비가 되었나요?"라고 적힌 광고 현수막도 내걸렸어요.

다른 마을에서도 많은 학교가 참가를 신청했어요. 아이들은 신이 났어요. 준비는 며칠 동안 지속되었죠. 아이들은 많은 시간을 연습했어요. 작전도 짰고요. 모두 밤낮으로 농구 대회에 집중했답니다.

대회를 준비하면서 모니는 친구들의 상상을 더욱 키워 주고자 다양한 게임의 목록까지 만들었어요.

게임 리스트

1. 비유 게임
구름을 보세요! 나무들을 보세요! 돌을 관찰하세요! 그것들이 무엇과 비슷한지 찾아 보세요!

예: 구름과 동물을 비교해서 비유적으로 표현하세요.

2. 거울 게임
자신이 거울이라고 상상해 보세요. 그리고 보이는 모든 것을 그대로 따라 하세요!

예: 거울이 되어 보세요. 친구가 하는 모든 행동을 따라 하세요.

3. 추측 게임

길에서 앞에 걸어가는 아이가 어디로 향해 가는지 친구들과 함께 추측해 보세요

예: 탐험을 위해 목성으로 갑니다. 에베레스트산 정상에 오릅니다. 축구 경기를 보러 갑니다.

4. 물건 만들기 게임

기존과는 다른 방법으로 물체를 상상해 보세요.

예: 나뭇가지를 마법의 지팡이로 바꾸세요! 그런 다음 마이크를 만드세요. 말을 만드세요. 낚싯대를 만드세요. 기타를 만드세요. 나뭇가지를 게임에서 필요한 어떤 것으로든 상상해 보세요.

5. 흉내 내기 게임

이 게임은 단체로 해야 재미있어요. 흉내 내는 기술을 발전시켜 보세요.

예: 친구들과 원을 만드세요. 고양이 흉내를 가장 잘 내는 친구를 먼저 가운데로 보내세요. 원 안의 친구가 고양이 흉내를 낸 후 다음 사람이 흉내 내야 할 대상을 말하세요. 이렇게 차례로 원 안에 들어가 각자 지정된 것을 흉내 내고 다음 흉내 낼 것을 말하며 게임을 이어가세요.

6. 로봇 게임

자신이 로봇이라고 상상해 보세요. 로봇처럼 걸으세요. 로봇처럼 움직이세요. 로봇 목소리로 말하세요.

예: 로봇처럼 집안을 돌아다니며 아무렇게나 널려 있는 소지품들을 집어 드세요.

7. 가방 속 물건 맞추기

가장 좋아하는 물건을 가방 안에 숨기세요. 친구에게 눈으로 보지 않고 그 물건을 찾아 보도록 말하세요

예: 가장 좋아하는 장난감을 가방 안에 숨깁니다. 친구가 가방 안에 무엇이 있는지 알 수 있도록 장난감에 대한 힌트를 주세요. 친구가 무슨 장난감인지 알아맞힐 때까지 계속 진행하세요.

8. 낱말 찾기 게임

친구에게 글자의 자음을 말해 달라고 부탁하세요. 그 자음으로 시작하는 단어를 함께 검색해 보세요.

예: 'ㅇ'으로 시작하는 단어를 함께 찾아봅니다. 왕, 연, 아이, 야구, 오이, 우유, 운석, 양, 여우, 외양간……. 또 뭐가 있을까요?

9. 허공에 그림 그리기 게임

집게손가락으로 허공에 그림을 그려 보세요. 친구에게 여러분이 그린 그림이 무엇인지 알아맞혀 보라고 말하세요.

예: 하늘을 나는 코끼리 그림을 그려 보세요.

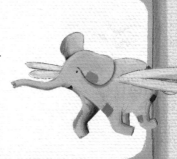

10. 다르게 행동하기 게임

일상적으로 하는 행동을 다른 방식으로 해 보세요.

예: 다른 방법으로 책을 읽으세요. 손전등 불빛으로 책을 읽으세요. 노래로 책을 읽으세요. 속삭이는 소리로 책을 읽으세요. 큰 소리로 책을 읽으세요. 책상 밑에서 책을 읽으세요.

11. 로꾸거 게임

상대방이 무엇을 하든 그 반대로 하세요!

예: 두 사람 이상으로 팀을 구성하세요. 상대방이 서 있다면, 앉으세요. 상대방이 하늘을 향해 손을 든다면, 손을 아래로 내리세요.

아이들은 목록에 있는 게임으로 매일 게임을 만드는 기술을 익혔어요. 심지어 게임 안에서 또 다른 게임도 만들었죠.

마침내 기다리고 기다리던 시합 날이 되었어요. 경기장이 사람들로 꽉 찼어요. 신문사와 방송사들은 앞다투어 취재에 나섰어요.

⭐ ⭐ ⭐

우승팀에게는 화려한 우승컵이 수여될 예정이었어요. 시합 주최자들은 니야지를 우승컵 시상자로 선정했어요.

그는 시상자로 충분한 자격을 갖춘 인물이었어요.

그리고 기다렸던 시상식이 시작되었어요. 모든 사람의 눈이 시상식에 쏠렸죠.

마침내 진짜 니야지가 처음으로 사람들 앞에 등장했어요. 그는 자신을 향한 사람들의 큰 관심에 깜짝 놀랐어요. 또한 사람들의 강렬한 관심에 약간 수줍어했어요.

카메라의 플래쉬가 번쩍였어요. 진짜 니야지가 그곳에 있었어요. 모든 사람의 시선이 그를 향했어요.

경기장 밖에서는 수많은 시청자가 흥분을 감추지 못하고 TV 화면으로 니야지를 지켜봤어요. 숨소리조차 내지 않았어요. 모두 역사적인 순간을 목격한 것처럼 매료되었죠. 니야지가 적막을 깨고 마침내 입을 열었답니다.

"여러분 모두에게 감사드립니다."

그 순간 사람들은 모두 소리를 지르고, 휘파람을 불고, 박수를 치고, 환호성을 터뜨렸어요.

"우리의 영웅 니야지!"
"니~야~지!"
"투명 인간 니야지!"
"니~야~지!"
"세계 챔피언 니야지!"
"니~야~지!"

니야지는 웃음을 가득 띠며 우승팀에게 우승컵을 수여했어요. 우승컵은 금으로 만들어졌다는 이야기가 있었지만, 실제로 그것을 본 사람은 아무도 없었어요.

상상 올림픽!

경기는 몇 달 동안 진행됐어요. 아이들은 매일 게임을
했죠. 반복을 통해서 게임들을 완전히 익혔어요.

아이들은 상상에서 나온 것들을 계속 추가하며 게임들을
더욱 발전시켰어요. 아주 재미있는 일이었어요.

어느덧 연말이 다가왔어요. 선생님이 낸 게임 만들기 과
제를 제출해야 할 시간이 된 것이었죠.

어느 날 밤, 양치질을 하던 중 모니는 멋진 생각이 떠올
랐어요. 그래서 욕실에서 뛰어나가며 소리를 질렀어요.

"그래, 찾아냈어!"

엄마, 아빠, 그리고 여동생이 깜짝 놀라 모니를 쳐다봤어요.

할머니는 이상하게 생각하며 물었어요.

"모니, 왜 이렇게 호들갑이니? 뭘 찾아냈다는 거야?"

"할머니, 우리는 세상에서 가장 큰 규모의 게임을 할 거예
요. 지난 몇 달 동안 생각했던 그 게임을 드디어 찾았다고요."

이번에 모니가 생각해 낸 건 세상의 모든 아이가 함께할
수 있는 게임이었어요. 그리고 이 게임을 '상상 올림픽'이라고
이름 지었어요.

이번에는 올림픽을 가방에서 꺼낸 것이죠.

다음 날 아침, 모니는 등교하자마자 친구들에게 자신의
생각을 말하기 시작했어요.

우리 영웅
너야지

니야지 올림픽 종합운동장

"수많은 아이가 말이지……. 수많은 게임에 참여하는……. 이게 바로 '상상 올림픽'이라는 거야!"

상상 올림픽에는 모든 아이가 자신이 원하는 어떤 게임 종목에든 출전할 수 있었어요. 이미 존재하는 게임에 약간 변화를 준 게임일 수도 있었어요. 규칙이 바뀐 게임일 수도 있었고요. 심지어 전혀 없던 게임일 수도 있었어요.

아이들은 모니의 말을 주의 깊게 들었어요. 아주 근사한 발상이었어요. 즉시 준비가 시작되었답니다.

먼저 모든 사람에게 상상 올림픽 초대장을 보내기로 결정했어요. 신청서는 초대장의 뒷면에 인쇄하고, 투명 인간 니야지를 올림픽 위원장으로 정했어요.

니야지는 올림픽 위원장이 되어 달라는 말을 듣자마자 말했어요.

"멋지다! 그럼 내가 상상 올림픽에 참가하는 아이들에게 수여할 메달을 만들어 볼게."

니야지는 재빨리 메달의 모양을 그렸어요. 초대장과 함께 올림픽에 참가하는 모든 아이에게 메달을 주고 싶었어요.

"하마터면 잊을 뻔했어! 모든 참가자가 메달을 받아야 해. 초대장과 함께 메달을 보내자, 얘들아!"

여기 우리 캐릭터들이 배달하는 초대장이 있어요! 이 메달을 자랑스럽게 목에 걸어도 된답니다. 아셨죠? 이번 게임 캐릭터는 바로 이 책을 읽는 여러분이에요. 이제 여러분도 이 게임에 참가할 수 있게 된 거랍니다!

상상 올림픽
초대장

우리의 가장 큰 강점은 실컷 놀 수 있다는 것이랍니다.
여러분은 게임을 하는 동안 원하는 건 무엇이든 될 수 있
어요. 게임 가방 안에 모든 게 다 들어 있답니다. 코끼리,
얼룩말, 고슴도치, 돌고래, 하마, 문어가 있어요. 축구 선
수, 의사, 요리사, 소방관, 선생님이 있어요. 자동차, 비행기,
기차, 배, 로켓도 있고요.

여러분은 이 세상에서 꿈꾸는 모든 것을 이룰 수 있어요. 로켓
에 올라 화성에 갈 수도 있어요. 거대한 파도에 맞서 배를 항
해할 수 있어요. 가방에서 상상으로 꺼내는 어떤 것으로도 게
임을 시작할 수 있어요.

암호를 잊지 마세요! 게임을 시작하려면, "가방에서 코끼리가
나왔어"라고 말하면 되는 거예요. 그 말을 하는 순간, 이 재
미있는 게임이 시작된답니다.

상상 올림픽에 게임으로 참가하고 싶은가요?

가방에서 무엇이 나왔죠?

상상 올림픽에 어떤 경기로 참가하고 싶어요?

- -

- -

- -

#가방에서 코끼리가 나왔어.
이렇게 말하면 올림픽 경기에 참여할 수 있답니다.

가방 속에서 꺼낸
코끼리

1판 1쇄 인쇄 2024년 11월 6일
1판 1쇄 발행 2024년 11월 25일

지은이 메르트 아리크
그린이 세르다르 투랄리
옮긴이 김정한
펴낸이 여종욱

책임편집 임해진
디자인 NURi

펴낸곳 도서출판 이터
출판등록 제2016-000148호
주 소 인천시 중구 은하수로 436
전 화 032-746-7213 **팩 스** 032-751-7214
이메일 nuri7213@nate.com

한국어 판권 ⓒ 이터, 2024, Printed in Korea.

ISBN 979-11-89436-49-0 (73830)
책값 13,000원

놀이터는 이터의 어린이 출판 브랜드입니다.